¡Celebremos el Día de las Brujas y el Día de los Muertos!
Let's Celebrate Halloween and the Day of the Dead!

Por / By
Gustavo Ruffino

Ilustraciones de / Illustrations By
Olga Barinova

Piñata Books
Arte Público Press
Houston, Texas

Esta edición de *¡Celebremos el Día de las Brujas y el Día de los Muertos!* ha sido subvencionada en parte por Clayton Fund, Inc. y Texas Commission on the Arts. Les agradecemos su apoyo.

Publication of *Let's Celebrate Halloween and the Day of the Dead!* is funded in part by grants from the Clayton Fund, Inc. and the Texas Commission on the Arts. We are grateful for their support.

¡Piñata Books están llenos de sorpresas!
Piñata Books are full of surprises!

Piñata Books
An Imprint of Arte Público Press
University of Houston
4902 Gulf Fwy, Bldg 19, Rm 100
Houston, Texas 77204-2004

Diseño de la portada por / Cover design by Ryan Hoston

Library of Congress Control Number: 2024936373

∞ The paper used in this publication meets the requirements of the American National Standard for Permanence of Paper for Printed Library Materials Z39.48-1984.

¡Celebremos el Día de las Brujas y el Día de los Muertos! © 2024 por Gustavo Ruffino
Let's Celebrate Halloween and the Day of the Dead! © 2024 by Arte Público Press
Illustrations © 2024 by Olga Barinova

Printed in China by Yuto Printing
April 2024–June 2024
5 4 3 2 1

Para Mia y Maythe, mi familia, por siempre estar cerca de mí
y por su amor y apoyo incondicional
—GR

Para mi maravillosa familia y esposo, quienes siempre han apoyado mis sueños
—OB

To Mia and Maythe, my family, for always being close to me
and for their unconditional love and support
—GR

To my amazing family and husband, who have always supported my dreams
—OB

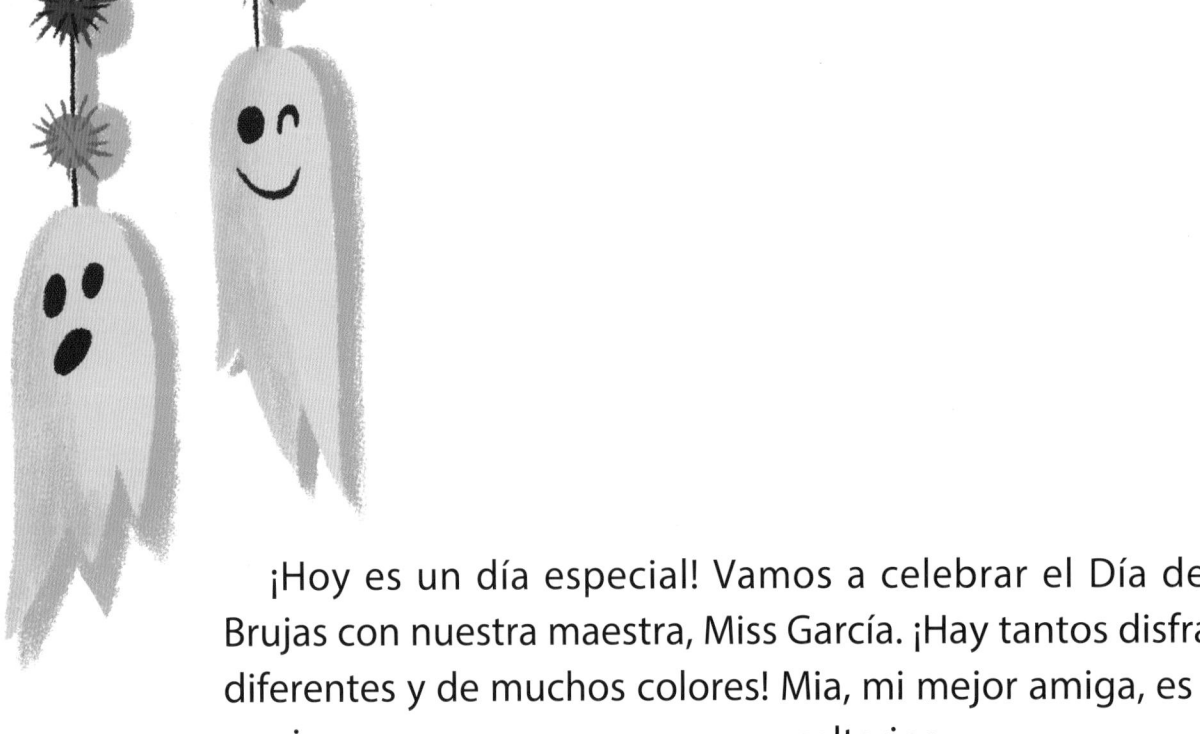

¡Hoy es un día especial! Vamos a celebrar el Día de las Brujas con nuestra maestra, Miss García. ¡Hay tantos disfraces diferentes y de muchos colores! Mia, mi mejor amiga, es una mariposa monarca, y yo una rana saltarina.

Today is a very special day! We are going to celebrate Halloween with our teacher, Miss García. There are so many costumes in different colors! My best friend Mia is a monarch butterfly, and I am a leaping frog.

Mia ama las mariposas monarca. Su abuelo le contó que en sus delicadas alas habitan las almas de sus antepasados. Las mariposas viajan miles de kilómetros desde Estados Unidos y Canadá hasta México durante la época del Día de los Muertos.

Mia loves monarch butterflies. Her grandfather told her that their delicate wings hold the souls of their ancestors. The butterflies travel thousands of miles from the United States and Canada to get to Mexico in time for the Day of the Dead.

En el salón de clases también hay un león, un perro de cola larga y una ardilla. ¡Somos todos distintos! El león no se come a la ardilla, ni el perro se muerde la cola. ¡Todos nos divertimos mucho!

In our classroom, there is also a lion, a dog with a long tail and a squirrel. We are all different! The lion does not eat the squirrel, and the dog does not chase its tail. We have a lot of fun!

Después de la escuela, voy a comer a casa de Mia. Su mamá nos sirve tamales de puerco y frijoles negros. El postre es arroz con leche con canela y pasitas. ¡Qué sabroso!

After school, I go to Mia's house for dinner. Her mom serves pork tamales and black beans. Dessert is rice pudding with cinnamon and raisins. Everything is delicious!

Después de cenar, me invitan a preparar el altar del Día de los Muertos. Le digo a Mia que las calaveras me dan miedo. Ella me explica que el altar sirve para recordar y recibir a los seres queridos que ya no están con nosotros. El 2 de noviembre es el día que ellos regresan a visitarnos.

———

After dinner, they invite me to help set up the altar for the Day of the Dead. I tell Mia that I am scared of the skulls. She explains that the altar is a way to remember and welcome our loved ones who are no longer with us. They return on November 2.

—Es como una gran fiesta —me dice con una sonrisa—. Este altar está lleno de las memorias más hermosas de los que se han ido. Les ponemos flores, fotografías, caramelos y sus bebidas favoritas.

———

"It's like a party," she tells me with a smile. "This altar is filled with the most beautiful memories of those who have departed. We place flowers, photos, candies and their favorite drinks on the altar."

—Pero yo no soy mexicana, soy colombiana —le digo a Mia—. ¿También puedo hacer un altar para mi mami que ya no está conmigo?

—¡Por supuesto, Camila!

———————

"But I'm not Mexican, I'm Colombian," I tell Mia. "Can I make an altar for my mom who is no longer with me?"

"Of course you can, Camila!"

Cuando Papá regresa del trabajo me va a buscar al departamento de Mia. Vivimos en el mismo edificio, sólo que ella dos pisos más arriba. Mientras bajamos le cuento lo del altar para Mami. A él le entusiasma mucho la idea.

When Dad returns from work, he picks me up at Mia's apartment. We live in the same building, but she lives two floors above us. As we go down the stairs, I tell him about the altar for Mami. He loves the idea.

Alegremente recordamos a Mami mientras cocinamos su comida favorita, arepas con mucho queso. También preparamos agua de panela con jugo de limón. La panela es un tipo de azúcar cafecita.

Mami decía que yo estaba hecha de panela porque soy muy dulce y morenita. ¡Cuánto la echo de menos!

We happily remember a lot about Mami as we cook her favorite food, *arepas* with lots of cheese. We also prepare *agua panela* with lemon. *Panela* is turbinado, a type of brown sugar.

Mami used to say that I was made from it because I am very sweet and brown. Oh, how I miss her!

Al día siguiente visitamos el altar que hicieron Mia y su mamá. Tiene una foto muy grande de su abuelo rodeada de cempasúchil, las flores que se usan para decorar los altares.

The next day, we visit the altar that Mia and her mom put together. It has a large photograph of her grandfather that is sorrounded by *cempasúchil*, the flowers that decorate it.

El altar de Mia también tiene la foto de una perrita.
—Es Cata —me dice—. La guardiana de Abuelito.
A ella le pusieron uno de sus premios favoritos, un hueso grandote.

Mia's altar also has a photo of a dog.
"Her name is Cata," she tells me. "She was Grandpa's guard dog."
They put one of her favorite treats, a big bone, on the altar.

Las dos familias vamos a comer juntas. Nosotros llevamos el agua de panela y las arepas. A Papá no le salieron tan infladitas como las de Mami. Pero, no importa. ¡Las saboreamos de todos modos!

Our families are going to eat together. We take the *agua de panela* and the *arepas*. Papá's *arepas* are not as puffy as the ones Mami used to make. But it doesn't matter. We enjoy them anyway!

La mamá de Mia cocinó un pozole rojo muy rico. Como poquito para poder disfrutar del postre: pan de muerto y chocolate caliente.

Mia's mom cooked a delicious red pozole. I only eat a little so that I can have dessert: *pan de muerto* and hot chocolate.

En los Estados Unidos tenemos dos celebraciones: el Día de las Brujas y el Día de los Muertos. Así honramos las tradiciones de nuestro nuevo hogar y las de los países que llevamos en nuestros corazones.

In the United States, we celebrate two holidays: Halloween and the Day of the Dead. On those days, we honor the traditions of our new home as well as those of the countries that we carry in our hearts.

Gustavo Ruffino nació en Argentina y ha vivido en Estados Unidos por más de veinte años. En 2023, su cuento "No me nombres" fue elegido para la antología de escritores latinos publicada por Ars Communis. Gustavo está trabajando en *Rompecabezas* una colección de narraciones sobre la vida y lucha de inmigrantes de Latinoamérica que recién llegaron a los Estados Unidos. Vive en Houston, Texas, donde es estudiante de doctorado en el programa de Escritura Creativa en Español de la Universidad de Houston.

Gustavo Ruffino was born in Argentina and has lived in the United States for more than twenty years. In 2023, his short story "No me nombres" was selected as part of a Latino writer's anthology published by Ars Communis. Gustavo is currently working on *Rompecabezas,* a collection of narratives focused on the lives and struggles of Latin-American immigrants recently arrived in the United States. He lives in Houston, Texas, where he is a PhD candidate in the Creative Writing program in Spanish at the University of Houston.

Olga Barinova es una laureada ilustradora de libros infantiles radicada en Canadá. Se graduó con un bachillerato en Diseño de Alberta University of the Arts. A Olga siempre le ha fascinado contar historias con imágenes y por eso desde muy pequeña quiso ser una artista. Para crear, utiliza medios digitales y se esfuerza por darle a su arte una perspectiva tradicional con sus materiales favoritos: las acuarelas y los lápices de color. Encuentra su inspiración en los recuerdos de su infancia, la naturaleza, las películas animadas y en los libros infantiles que colecciona. Le gusta trabajar en historias que incluyan a niños en actividades cotidianas, así como aventuras excitantes. Cuando no está ilustrando libros está caminando, explorando la naturaleza o viendo películas acurrucada con Buffy, su gata. También pasa mucho tiempo en las librerías buscando nuevas ideas.

Olga Barinova is an award-winning children's book illustrator based in Canada. She graduated with a bachelor's degree in Design from Alberta University of the Arts. She's always been passionate about visual storytelling and wanted to become an artist from an early age. She uses digital media but strives to give her artwork a traditional look using her favorite materials; gouache and color pencils. She finds inspiration in childhood memories, nature, animated films and picture books she collects. Olga likes to work on stories that include kids going on every day, yet exciting adventures. When she is not illustrating books, you can find her going on nature walks or watching movies and cuddling with her cat Buffy. She also spends a lot of time at bookstores looking for more inspiration.